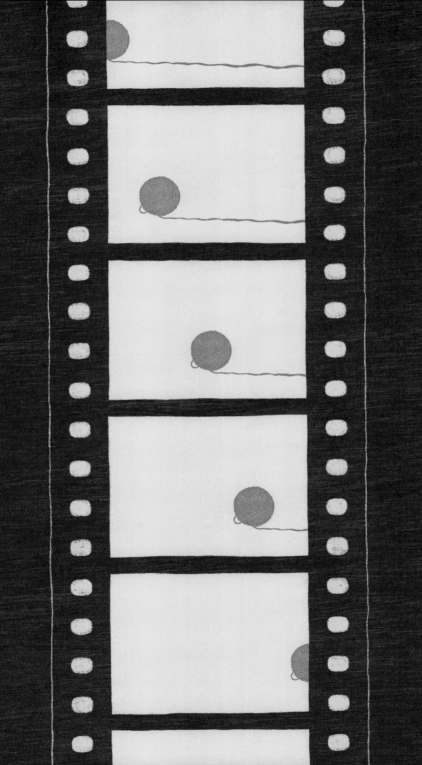

하루는 가만히 바라보았다.
엄마가 갓 뜬 기다란 목도리를.

아름답게 이어지는 쐐기 무늬.

하지만 뒤집으면 울퉁불퉁, 들쭉날쭉.
군데군데 털실이 얼기설기 얽혀 있다.

"뒤에는 영 엉망이지? 엄마가 솜씨가 없어서 그런가 봐."

하루는 크게 고개를 저었다.
곧이어 엄마는 혼잣말하듯 작은 소리로 말했다.

"예쁘게 잘 뜬 데만 줄 수 있으면 좋으련만."

마
지
막
산
책

나가미네 마사키 지음
야쿠 가오리 그림
송경원 옮김

손잡이가 흔들리고 열차는 달린다.
연이어 펼쳐지는 풍경을 뒤로하고.

줄지어 서 있는 나무들 사이로 쏟아져 들어오는 햇살은
카메라 플래시 터지듯 번쩍 열차 안을 비추고
주름 가득한 웃는 얼굴을 어루만지고 간다.

휠체어에 앉아 있는 엄마를 향해 하루는 허리를 굽혀 말했다.
"엄마, 어때? 기분 좋지?"

조금 전까지 넋을 놓고 창밖 풍경을 바라보던 엄마가
지금은 무언가에 겁을 먹은 듯이
어깨를 움츠리고, 귀를 막고
파르르 몸을 떨었다.

"천둥……. 무서워."

창밖은 구름 한 점 없는 겨울의 파란 하늘.

"그렇지, 무서웠지? 괜찮아. 이제 괜찮아."
엄마의 쭈글쭈글 주름진 두 손을 하루는 살포시 감싸주었다.

"곧 그칠 거야, 천둥소리."

엄마를 보살피고 있을 때에만 하루는 자신의 존재를 확인할 수 있었다.

"저기요, 이거 떨어뜨리셨어요."

한 승객이 말을 걸었다.
바닥에 떨어진 수건을 가죽구두 끝으로 툭툭 치며 가리켰다.

지난 10년간 엄마가 늘 지니고 다니던 수건이다.
원래의 형태를 알 수 없을 만큼 낡았고
원래의 색깔을 알 수 없을 만큼 바랬다.

고맙다는 인사를 건네고 하루는 수건을 주워
엄마의 오른손에 쥐여주었다.

엄마의 머릿속에서 울리는 천둥소리가 그칠 때까지
하루는 그저 엄마의 손을 잡아줄 수밖에 없었다.

"이제 괜찮아. 고마워요."

엄마는 고개를 들고 쑥스러운 표정으로
하루의 눈동자를 바라보며 말했다.

"어디로든 나 좀 데려가줘요."

엄마는 종종 당신의 아들을 죽은 남편으로 착각하곤 했다.
이러한 변화 역시 하루는 눈치채고 있었다.

"지금 가고 있어. 거의 다 왔어."

종착역을 알리는 안내 방송이 흘러나왔다.

겹겹이 줄지어 선 사람들을 스치듯 지나며
열차는 빠르게 승강장으로 미끄러져 들어간다.

사람들로 북적이는 곳을 좋아하는 엄마를 위해
하루는 차비를 들여 이곳까지 왔다.

한낮이 조금 지난 시각, 강을 따라 난 거리는 인파로 붐비고 있었다.
판촉용 휴지를 나눠주는 사람을 피해 행인들이 지나간다.
사람 사이의 적당한 거리가 유지될 때 만들어지는 안온감과 활기 속에서
하루는 모처럼 편안한 기분을 느꼈다.

잔잔한 강물과 파란 하늘을 배경으로
티 없이 맑게 웃는 엄마의 얼굴을 핸드폰으로 찍었다.

메밀국수집이 보였다.
어린 시절 아빠와 엄마와 함께 우리 세 가족이 즐겨 찾던 가게다.

가게 안을 헤집고 다니다 다른 테이블에 부딪혀 넘어진 적도 있었다.
"하루야, 그렇게 뛰어다니면 안 돼. 주위 사람들한테 피해가 되잖아."
하루는 아빠에게 호되게 혼이 났던 그날을 떠올렸다.

"그립다" 하고 엄마는 중얼거렸다.
사람 이름은 기억 못 하게 됐지만, 이 메밀국수집은 기억하는
모양이었다.

오랜만에 엄마와 추억을 공유할 수 있어서 하루는 가슴이 벅찼다.

하루는 메밀국수집 앞을 서성이다 뒤돌아 서더니
다시 묵묵히 휠체어를 밀기 시작했다.

엄마도 아무 말이 없었다.

하루는 눈에 띄는 편의점에 들어가 주먹밥 하나를 샀다.
엄마는 비닐 포장을 뜯지도 않은 채
우걱우걱 먹기 시작했다.

하루는 엄마가 입안에 있는 걸 뱉게 하고 비닐 포장을 벗겨 다시 건넸다.

엄마는 입안 한가득 주먹밥을 욱여넣었고,
하루는 그런 엄마에게 물을 먹여주었다.
식사가 끝난 뒤 공원 화장실에서 기저귀를 갈았다.

해 질 녘, 별 하나.
눈앞에 보이는 모든 것이 어둠에 잠기기 시작했다.

"다음은 어디로 갈까?"

"우리 동네로 가고 싶어."

엄마가 원하는 대로 전철역 쪽으로 휠체어의 방향을 돌렸다.
하루는 입술을 깨물고 더 힘껏 핸들을 잡았다.

신호를 기다리는 횡단보도.
떨리는 손을 필사적으로 움직여 목도리를 푼 엄마는
몸을 돌려 하루의 목에 둘러주었다.

"고마워, 엄마."

"나 사랑하지?"

엄마는 웃으며 묻는다.

둘은 전철을 타고 익숙한 거리로 되돌아왔다.
이제, 집으로는 돌아갈 수 없다.

"여긴 어디야?"

"돌아왔어."

질은 어둠이 발밑까지 내려온 강둑길을 따라 천천히 걸음을 옮겼다.
주택가의 불빛이 강물 위로 반짝반짝 일렁였다.

"목말라"라는 말만 엄마는 되풀이했다.
하루는 얇은 지갑을 꺼내
강둑 한쪽에 놓여 있는 자판기에서 따뜻한 음료 하나를 뽑았다.

얼마나 걸었을까, 강 건너편에 유달리 키가 큰 나무가 보였다.
가로등 불빛에 칠흑같이 검은 윤곽이 드러났다.

"저 나무 아니야? 엄마가 줄곧 찾아다녔던 그 나무 맞지?"
하루는 허리를 굽혀 강 건너의 커다란 나무를 손가락으로 가리켰다.

엄마의 뺨에 한줄기 눈물이 흘러내렸다.

멀리 길을 돌아 다리를 건너 커다란 나무 밑으로 갔다.

지친 얼굴로 엄마는 업어 달라고 보챘다.
지독하게 배가 고프고 체력도 바닥난 지 오래지만
하루는 엄마를 업고 천천히 걷기 시작했다.

엄마의 팔이 목을 감싸고, 하얀 입김이 목덜미를 스쳤다.

어릴 때는 엄마가 이렇게 날 업어줬는데…….
하루는 오랜 기억을 떠올렸다.

커다란 나무 아래
둘은 강둑 풀밭에 나란히 앉았다.

엄마는 젊은 시절 아빠와 함께
이곳에 앉아 흘러가는 강물을
오래도록 바라보았다고 했다.

하루에게 몸을 기댄 채 엄마는 해진 수건을 움켜쥐고
부지런히 손을 놀리고 있었다.
마치 뜨개질이라도 하듯이.

"추워. 너무 추워"라고 엄마는 중얼거렸다.
하루는 옷 속에서 온열팩을 모두 꺼내
엄마의 주머니 속에 넣어주었다.

잿빛 밤하늘을 가로지르며 떨어지던 한 줄기 별똥별은
금세 꼬리를 감췄다.

하루는 눈을 떴다.

깜빡 잠이 들었던 모양이다.
아직 날은 밝지 않았다.

강 쪽에서 엄마의 울부짖는 목소리가 들렸다.
하루는 황급히 강둑을 뛰어 내려갔다.
어둠 속에서 첨벙거리는 물소리에만 의지해
뼛속까지 얼어버릴 차가운 물속에서 엄마를
강기슭으로 끌어올렸다.

깡마른 두 다리를 손수건으로 닦고
따뜻해질 때까지 필사적으로 손으로 주물렀다.

"엄마가 널 계속 힘들게만 하고…….
더는 너한테 짐이 되고 싶지 않아!"
엄마는 계속 소리쳤다.

어제부터 꾹꾹 삼켜온 말이
기어이 흘러나왔다.

"이제…… 끝이야. 끝이라고."

하루는 지갑을 뒤집어 털었다.
그러고서 마른 풀 위로 떨어진 동전 두 개를 주워
엄마의 오른손에 쥐여주었다.

"미안. 엄마한테 줄 수 있는 게 이젠 아무것도 없어."
하루는 쭈그리고 앉아 고개를 푹 숙인 채 간신히 말을 이었다.

"그동안 엄마가 날 어떻게 키워왔는지 내가 잘 아는데…….
그래서 엄마한테 조금이라도 보답하고 싶어서 안간힘을 다했는데.
미안해, 엄마. 못난 아들이라서 정말 미안해."

"울지 마. 언제까지고 너와 함께할 거야.
이제 더는 애쓰지 않아도 괜찮아."
엄마는 하루의 볼을 살며시 쓰다듬었다.

"지금까지 잘해왔어. 고마워."

"이리 가까이 와봐."
하루와 엄마의 이마가 살짝 부딪쳤다.

"하루야, 금쪽같은 내 아들…….
정 네가 하기 어렵다면 내가 해야지."

엄마는 아들의 목을 졸랐다.

하루는 이를 뿌리치려 하지 않고
그저 조용히 눈물만 흘렸다.
엄마의 힘이 너무 약해서였다.

자신의 목에 감긴 엄마의 마른 손을 푼 하루의 눈에는
애써 웃는 엄마의 얼굴이 일그러져 보였다.

40

콘크리트와 쇠창살로 둘러싸인 좁은 방.
하루는 자신의 두 손을 물끄러미 내려보며 앉아 있었다.

이 손으로 엄마를 돌보고, 이 손으로 엄마를 죽였다.

이러고 있을 줄은 몰랐다.
지금쯤 엄마와 함께 이 세상에서 사라졌어야 했다.

형사의 취조는 엄격했다.
"이렇게 되기까지 왜 아무에게도 도움을 요청하지 않았습니까?"
아무리 솔직하게 대답해도 하루의 말은 의심을 샀다.

하루는 어쩔 수 없는 일이라 생각하며 받아들였다.
'존속 살해'는 용서할 수 없는 패륜이다.

언제로 되돌아가서 어디서부터 다시 시작해야
엄마가 행복하게 살 수 있었을까.

43

엄마를 돌보는 일이 하루에게는 그다지 힘들지 않았다.
치매로 아이처럼 변해버린 엄마가 사랑스럽게 보일 때도 있었다.

엄마의 치매는 점차 심해졌다.

자식은 다 크고 나면 언젠가는 부모 곁을 떠난다.
성장의 기쁨이 있다.

하지만 부모를 돌보는 일은 끝이 보이지 않는다.
돌보면 돌볼수록
부모는 점점 쇠약해져만 간다.

한번은 엄마가 갑자기 "천장에 여우가 있어"라며
소동을 피운 적이 있었다.

한밤중에 이불을 박차고 나와
집 밖을 돌아다니는 일도 늘었다.
마치 무언가를 찾아다니는 사람처럼.

주변 사람들과 경찰에 폐가 되지 않도록
하루는 엄마와 한 이불 속에 들어가
엄마를 품에 안고 잠을 자게 되었다.

이윽고 엄마는 낮 시간에도 배회하기 시작했다.

주간보호센터 같은
데이 서비스day service[1]도 무료가 아니다.
매일 맡길 수도 없다.
게다가 부모를 극진하게 모시는 사람들을 볼 때면 자괴감이 밀려왔다.

하루는 직장을 그만두고,
엄마를 돌보면서도 할 수 있는 다른 일을 찾기로 했다.

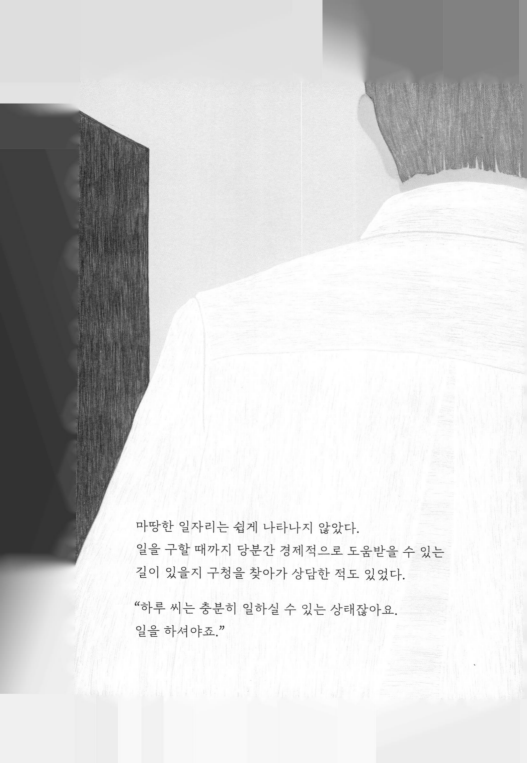

마땅한 일자리는 쉽게 나타나지 않았다.
일을 구할 때까지 당분간 경제적으로 도움받을 수 있는
길이 있을지 구청을 찾아가 상담한 적도 있었다.

"하루 씨는 충분히 일하실 수 있는 상태잖아요.
일을 하셔야죠."

지원받을 길이 막히자
하루는 이루 말할 수 없는 절망과 함께
가슴을 짓누르던 짐을 내려놓은 듯한 해방감도 느꼈다.

하루로서는 더는 어쩔 도리가 없었다.

집 안의 커튼은 한낮에도 늘 쳐두었고
현관의 초인종이 울려도 아무도 없는 척 숨죽이고 있었다.

자신은 이틀에 한 번으로 끼니를 줄이면서 엄마의 밥은 꼬박꼬박 챙겼다.
"맛없어"라며 음식을 뱉어내고 불평해도
하루는 묵묵히 엄마를 위해 밥을 지었다.

생활비가 부족했다.
급기야 집세도 내지 못하게 되었다.

집주인의 호의로 이미 월세는 절반만 내고 있었다.
이미 친척들한테서도 여러 번 큰돈을 빌렸다.
더는 누구에게도 신세지고 싶지 않았다. 그럴 수 없었다.

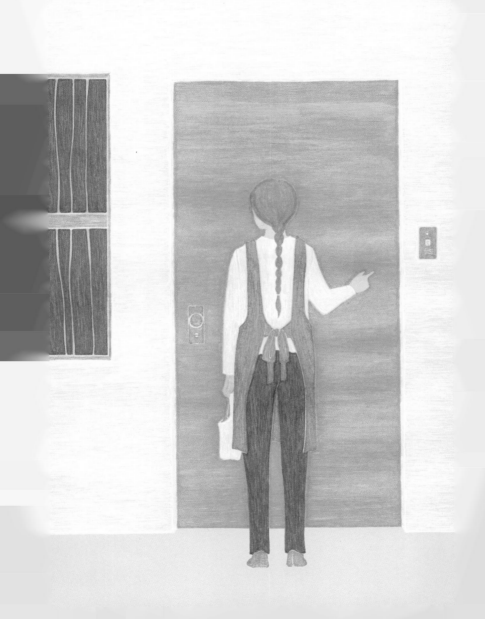

"그렇지요. 다른 사람들에게 짐이 되고 싶지 않지요."

변호사의 말에 하루는 잠자코 고개를 끄덕였다.

"지금까지 힘드셨겠습니다. 제게는 편히 하셔도 됩니다.
저도 하루 씨에게 어떤 빚을 지게 될지 모르잖아요."

변호사는 감형받을 가능성도 있다고 일러주었다.
엄마가 죽음을 선선히 받아들였기 때문이라고 했다.
'승낙살인'이라는 기이한 어감이 가슴 깊숙한 곳을 후비어 파고들었다.

정작 하루는 본인의 죄가 가벼워지기를 원치 않았다.

53

벚꽃이 피는 계절, 법정에서 첫 공판이 열렸다.

검사는 하루가 취조실에서 진술한 내용을 하나도 빠짐없이
낭랑하게 읽어내려갔다.

하루는 눈을 감고 법정에 울려 퍼지는 한 마디 한 마디를 곱씹으며
엄마와 지냈던 날들을 더듬어보았다.

증인으로 불려온 담당 케어매니저[2]는 판사에게 호소했다.
"그 정도로 힘든 상황인 줄은 몰랐습니다.
형편이 그토록 곤란했다는 걸 진작에 알았더라면
도움을 줄 수 있었을 겁니다……
좀 더 일찍 제게 어려움을 털어놓고 말해줬더라면 좋았을 텐데요."
하루는 끝내 케어매니저와 눈을 마주치지 않았다.

재판장의 명령에 따라 하루는 피고석 의자에 앉았다.
변호인의 질문에 하루는 거짓 없이, 변명 없이 대답을 이어갔다.

"저는 어머니를 죽였습니다. 틀림없는 사실입니다.
그리고 하루라도 더 어머니와 함께 있고 싶었습니다.
그 마음에는 거짓이 없습니다."

"용서받지 못할 죄를 지었지만,
다시 한번 어머니의 아들로 태어나고 싶습니다."

목소리를 짜내어 자신의 심정을 있는 그대로 전했다.

"곤경에 처했을 때 국가나 타인에게 의지한다는 게 왜 부끄럽습니까?
사람은 누구나 서로 의지하며 살아갈 수밖에 없습니다."

곧바로 검사가 강한 어조로 추궁했다.
마치 하루가 해온 그간의 노력이 잘못됐다고 질책하는 것처럼 느껴졌다.

움츠러드는 마음을 다잡으며 하루는 검사의 질문에 답했다.
"남에게 무언가를 부탁하는 것은 한심한 일입니다. 괴로운 일입니다."

"저는 돈도 없고 시간도 없고 보답할 수 있는 게 아무것도 없었습니다.
어머니를 돌보는 일 외에 제가 할 수 있는 일은 아무것도 없었습니다."

두 달이 지나 선고 공판이 열렸다.
단상에 자리한 재판장이 힘찬 목소리로 판결문을 읽어내려갔다.

"주문. 피고인을 징역 2년 6개월에 처한다."

법정 가운데에 선 하루는 심한 당혹감과 분노를 느꼈다.
고작 2년 반. 그것으로 씻을 수 있는 죄가 아니라고.

주문 낭독이 이어졌다.

"다만 이 판결 확정일로부터 3년간 형의 집행을 유예한다."

재판장의 선고를 들은 순간 하루는 눈앞이 캄캄해졌다.

등 뒤 방청석에서 술렁거리는 소리가 들렸다.
돌아볼 수 없다. 꼼짝도 할 수 없다.

재판장은 담담한 어조로 판결 이유를 설명했다.

"피고인에게 생명 존엄에 대한 이해가 부족했다고 단언할 수 없다."

"피고인은 생활보호[3] 등의 행정 지원을 받지 못하고 심신이 모두
피폐해진 상태였다. 그 고통과 절망감은 이루 말할 수 없었을 것이다."

"이 사건의 피고인은 피해자를 헌신적으로 보살펴왔으며
마지막으로 피해자와의 추억이 담긴 장소를
함께 찾은 사실도 있다."

"피해자는 피고인의 헌신에 감사할 뿐
조금도 원망하지 않을 것이고, 엄벌도 바라지 않을 것이다."

"이 사건으로 심판을 받아야 할 것은 피고인만이 아니다.
개인의 일탈이 아닌, 사회 문제로 인식되어야 함이 마땅하다.
간병보험⁴과 생활보호 등 사회보장제도 전면의 검토가 필요할 것이다."

재판장은 판결문에서 눈을 떼고 하루를 바라보며 말했다.

"피고인의 유죄를 인정하나 집행유예의 판결을 내립니다.
지금 당장은 교도소에 수감되지 않습니다.
이 재판이 끝나는 대로 석방될 것입니다."

"앞으로 결코 자신을 해치지 않길 바랍니다.
어머니를 위해서라도 행복하게 살아주십시오."

하루는 열심히 일을 찾았다.
살던 곳을 멀리 떠나와 간신히 새 일자리를 얻었다.

낯선 곳에서 오로지 일만 했다.

첫 월급날, 오랜만에 핸드폰의 전원을 켰다.
그동안 밀린 요금을 겨우 납부했다.

핸드폰에는 언제 찍었는지 모를 사진이 들어 있었다.
잠들어 있는 하루의 사진만 수십 장.

사진이 찍힌 날짜는 엄마와 보낸 마지막 밤.

이해심 깊은 사장 밑에서 하루는 곁눈질하지 않고 묵묵히 일했다.

주변 사람에게는 밝게 웃는 얼굴로 대했다.

방 안에 가만히 있으면
무거운 기억에 몸도 마음도 망가질 것 같아 숨이 막혔다.

하루는 좋아하는 등산과 시냇물에서의 낚시를
마음껏 즐겼다.

잊고 싶어도 잊히지 않는 기억이 있다.
잊고 싶지 않아도 잊히는 기억이 있다.

이미 돌이킬 수 없는 과거를 아쉬워하고
후회하고 매 순간 막막함이 찾아와도,
다시 아침은 온다.

새로운 인생을 만들기 위해 하루는
계속해서 걷는다.
한 걸음, 또 한 걸음.

이 이야기는 실화를 바탕으로 한 픽션입니다.

어떻게 해야 했을까?

　과거 케어매니저로서의 이력을 살려 현재 저는 가족의 간병을 위해 직장을 그만두는 일명 '간병이직'의 실태를 알리고 그 수를 줄이기 위한 활동가로서 일하고 있습니다.

　미즈호 종합연구소에 따르면, 일본 내 간병이직자가 매년 약 10만 명에 달합니다. 이 사건의 피고인인 하루는 아픈 어머니를 보살피기 위해 다니던 직장을 그만둬야 했던 간병이직자입니다. 퇴사 후 수입이 끊기자 어머니의 연금에 기대어 생활할 수밖에 없었습니다.

케어매니저의 책임은 무겁다

　하루는 수입이 없는 상태에서 어머니를 간병하느라 힘들고 형편이 어려워졌을 때 케이매니저와 몇 차례에 걸쳐 상담을 했던 것으로 알고 있습니다. 하지만 만족할 만한 도움은 얻지 못했던 듯합니다. 그래서 나중에는 고충을 이야기해봐야 아무 소용 없다고 체념해버린 것 같아요. 말하기도 피곤하고, 그러다 아예 마음을 닫아버린 건 아닌지……. 그래서 케어매니저가 찾아와도 집에 없는 척해가며 피하게 됐으리라 생각합니다. 같은 간병 서비스 종사자로서 분노를 느낍니다.

　법정에서 "하루는 끝내 케어매니저와 눈을 마주치지 않았다……". 이 장면은 묵직하게 다가옵니다. 내심 '당신이 뭘 알겠어' 하는 마음도 있었을 테지요.

　'간병 서비스를 받고 싶다'고 본인이 의사를 밝히지 않아도 말이나 태도, 행동, 자택이나 주변 상황 등을 관찰해 간병 서비스의 필요성을 신속히 파악하는 것은 케어매니저뿐만 아니라 간병인 연수 과정에서 반드시 강조되는 교육의 하나입니다.

간병 서비스를 받았다면 하루는 복직할 수 있었다

　간병 서비스는 기본적으로 홈헬퍼[5]나 간병복지사[6]·의사·간호사 등이 참여하여 간병에서부터 의료까지 광범위한 영역에서 일상생활을 지원하는 것입니다. 아침부터 저녁까지 관내에서 보호 및 각종 서비스를 제공하는 '재활주간보호day care'는 치료를 포함한 재활훈련을 통해 이용자가 신체기능을 회복하여 가급적 쾌적하게 생활할 수 있도록 돕습니다.

'재활주간보호 서비스day care serviec'에 최근 기능회복 훈련(2018년 개정)도 포함되었지만, 기본적으로 여행 및 견학, 취미생활 등의 레크레이션 활동을 중시합니다. 낮 동안 직장 일과 가사로 바쁜 가족의 부담을 덜어주는 복지 서비스인 것이지요. 또 요양보호사나와 주간보호 서비스처럼 간병요양보험이 적용되는 서비스 외에도 다양한 형태의 생활지원 서비스가 있습니다.

간병 서비스의 내용은 비용에 따라 차이가 있어 경제적으로 여유가 있는 사람은 더욱 다양하고 질 좋은 유료 서비스를 받을 수 있는 게 현실입니다. 다만 저소득층인 경우라도 공적 부조 등의 사회보장제도가 있으니 본인이 필요한 서비스를 충분히 받을 수 있습니다. 참고로 사회보험 서비스를 이용하려면 본인 또는 대리인의 거주 지역 내 관할 노인복지과에 신청하면 되고, 하루의 가정과 같은 경우는 전체 비용의 10%를 부담하면 됩니다.[7] 즉 비용이 1만 엔(약 109,000원)인 간병 서비스를 1천 엔(약 10,900원)을 내면 이용할 수 있는 것입니다. 저소득층의 경우 본인 부담률은 10% 이하입니다.

최종적으로는 생활보호

하루는 그 1천 엔조차 낼 수 없는 극빈곤의 상태였던 듯싶습니다. 그렇다면 생활보호를 받는 것이 가장 좋은 방법입니다. 한 달에 12~13만 엔(약 130~140만 원)이 지급되며 의료는 물론 간병 서비스도 무료로 받을 수 있습니다.

생활보호 급여는 개인이 아니라 '세대' 단위로 지급됩니다. 따라서 하루는 어머니와 함께 한 세대로 묶여 생활보호 대상이 될 수 있는지 심사받게 됩니다. 구청에서는 하루에게 근로소득 능력이 있다고 판단해 대상에서 제외한 것 같습니다.

원래는 이런 경우 생활보호 신청과 '세대분리' 상담을 동시에 합니다. 즉 하루는 별도 세대로 분리하고, 어머니만 1인 세대로 생활보호를 신청하는 것입니다. 세대분리를 인정받으면 생활보호를 받을 가능성은 크게 높아집니다. 세대를 분리하면 어머니와 하루가 한 집에 살기 어려워지지만, 조건부 하에 동거를 인정하는 경우도 있습니다. 설사 동거를 인정받지 못하더라도 하루가 근처로 이사해 어머니 가까이에서 사는 방법도 있습니다. 만약 그렇게 했더라면, 어머니가 방문 요양보호

사나 주간보호 서비스를 받으실 동안 하루는 낮에 일을 하면서 생활비를 어느 정도 해결할 수 있지 않았을까 합니다.

이런 절차 역시 케어매니저가 적절하게 조언해야 했습니다.

이 책을 읽고 더 많은 분들이 "사람은 누구나 늙기 마련이고 누군가의 도움 없이는 살아갈 수 없다"는 자연의 섭리를 되새겨보셨으면 합니다. 돌봄을 받는 것도, 돌봄을 주는 것도 우리 인생에서 특별한 일이 아닙니다.

구라사와 아쓰시倉澤篤史

간병이직방지 컨설턴트. 군마현에서 태어나 리쓰메이칸대학을 졸업했다. 2000년 간병회사를 설립하고 홈헬퍼와 케어매니저로 일한 경험을 살려 기업을 위한 '간병이직방지 환경지원 시스템'을 개발했다. 좌우명은 "등불 하나가 켜지면 만 개의 등이 빛을 낸다"이다.

'돌보지 않을 용기'가 필요한 순간

하루가 처음부터 살인의 의도가 있는 나쁜 사람은 아니었을 겁니다. 하지만 사람을 죽이려는 마음이 든 그 순간부터는 누구든 정상적인 심리 상태를 유지하기 힘듭니다. 그런 만큼 안타까운 마음이 더합니다. 약 4년간 치매인 어머니를 혼자서 보살폈다고 하니, 그 일 말고는 다른 일은 아무것도 할 수 없었다는 말일 것입니다. 어머니를 위해 자신의 인생의 일부를 내어준 셈입니다.

치매를 가볍게 여겨서는 안 됩니다. 말 그대로 '완전히 딴사람이 된다'고 생각해야 합니다. 지구상에서 아프거나 약해진 존재를 돌보는 동물은 인간밖에 없습니다. 이처럼 돌봄이라는 것 자체가 자연적이지 않은, 매우 부담이 큰 행위입니다.

그래서 '돌보지 않을 용기', '못하는 것은 못한다고 인정할 용기'가 필요합니다. 물론 주변 사람들에게 욕먹고 비난받지 않을까 두려운 마음이 당연히 들 수 있습니다. 그래서 이런 용기가 쉬운 것은 아니지요.

물론 세상에는 혼자서 아픈 가족을 돌보며 집안일도 하고 밥벌이도 완벽하게 해내는 사람이 있을 겁니다. 하지만 그런 사람을 기준으로 삼는 것은 그렇게 '할 수 없는 사람'에게는 너무 가혹한 처사입니다.

우리가 살면서 짊어져야 할 '인생의 무게'는 사람마다 다릅니다. 그리고 사회 시스템이 복잡해질수록 인생의 무게를 혼자서 감당할 수 없는 사람들이 더 살기 힘들어진다는 느낌을 지울 수 없습니다.

'강요당했다'고 느끼지 않게 하는 접근 방법

하루 같은 경우는 타인이 개입해서 "혼자 고민하지 말고 간병인의 도움을 받으셔야 합니다"라고 설득해야 하는 상황이었습니다.

심리상담법 중에 '동기 강화 면담Motivational Interviewing'이라는 기법이 있습니다. 내담자가 자기 마음을 솔직하게 드러내고 자신의 의사에 따라 행동을 변화해나가도록 돕는 접근 방법입니다. 이 접근법에 따라 상담을 진행할 때에는 '누군가가 시켜서 어쩔 수 없이 한다'라고 내담자가 느끼지 않도록, 스스로 변화를 받아들였다

라고 인식할 수 있도록 내담자의 변화 동기를 강화해나가는 것이 중요합니다.

자존감을 잃으면 오히려 타인에게 의지하지 못한다

애초에 "남에게 폐를 끼쳐서는 안 된다"라는 일본인의 미덕은 독선적인 면이 있습니다. 사람은 누구나 혼자 살 수 없습니다. 무엇을 '폐'라고 말하느냐는 저마다 다르겠지만, 남에게 전혀 폐를 끼치지 않고 살 수 있는 사람은 없습니다.

그런데 막다른 길에 몰려 힘들 때조차 '도와달라는 것도 폐가 아닐까'라고 생각해서 좀처럼 부탁하지 못하는 사람은 이미 '자존감'과 '자기긍정감'이 떨어져 있을 가능성이 높습니다.

'주변 사람들에 비해 난 너무 보잘것없어' '괜히 사람들 앞에서 고민을 털어놓았다가 분위기만 어색해질지 몰라' '나보다 더 힘든 사람도 있는데 내가 힘들다 하면 안 되지' '도와달라고 했다가 혹시 무시당하거나 뒤에서 욕이라도 하면 어떡해. 그게 더 절망적일 것 같아'…… 이런 걱정 때문에 겉으로는 별문제 없는 척하며 아무에게도 기대지 못하게 되는 것은 아닐까요.

하지만 이 사건에서 볼 수 있듯이, 혼자 고민을 끌어안고 있었던 것이 결국 살인 같은 '더 큰 폐'를 끼치는 결과를 낳았습니다.

거의 모든 문제를 돈으로 해결할 수 있는 오늘날의 이 풍요와 편리에 익숙해지면 돈이 바닥나는 순간 속수무책으로 무너지는 경우가 많습니다. 이럴 때 필요한 것이 바로 가까운 사람의 도움을 기꺼이 받아들일 수 있는 용기입니다.

'학교에서 배운 내용을 잘 모를 때는 선생님이나 친구들에게 물어본다' '몸이 아플 때는 병원에 간다', 이처럼 어릴 적부터 '힘들 때 어딘가의 누군가에게 도움을 받았다'는 경험을 쌓는 것이 '도움을 받는 힘'을 기르는 데 중요하다고 생각합니다.

이토 히데나리伊藤秀成

임상심리사. 미사키 미유키[8]를 동경하여 임상심리사가 되겠다는 꿈을 갖게 되었다. 대학원 수료 후 클리닉, 정신과 폐쇄병동, 정신보건복지센터 등에서 임상심리사로 일했다. 현재 공적 기관에서 실업자나 구직자를 지원하는 일을 하고 있다. 저서로 《은둔형 외톨이·NEET가 행복해지는 단 한 가지 방법》 등이 있으며, 취미는 만화 보기.

03

어떻게 해야 했을까?

간병복지전문 변호사
소토오카 준

어머니를 살해한 죄로 재판장에 선 하루. 하루가 이런 상황에까지 이르지 않기 위해서는 어떻게 해야 했을까요? 어머니를 돌보며 할 수 있는 일을 찾고자 했지만 끝내 구하지 못했고 실업급여마저 끊겼습니다. 생활보호 신청을 하려고 구청을 찾아갔지만 "근로 능력이 있다"며 거절당했습니다. 이처럼 미래가 보이지 않는 절망감이 그를 존속 살해와 같은 안타까운 선택을 하도록 내몬 것은 아닐까요?

남의 일로 볼 수 없는 '안전망 부재'

이 사건은 초고령 사회의 현실을 적나라하게 드러내는 가슴 아픈 비극입니다. 한편으로는 이 나라에서 살아가는 우리 모두에게 남의 일로 치부할 수 없는 심각한 문제임을 일깨워줬습니다. 한마디로 경제적, 정서적 측면에서 사회 안전망 부재를 여실히 보여준 것입니다.

과거 판례를 보면 노동 능력이 있고 성실하게 취업 활동을 하는 사람이라면 누구나 생활보호를 받을 권리가 있습니다. 다만 안타깝게도 그러한 사실을 일반인들은 잘 알지 못합니다.

구청의 담당자는 '어떻게 해서든 도움을 줄 수 있도록 방법을 강구해보자'라는 태도로 눈앞에 곤경에 처한 사람에게 손을 내밀어야 하지 않았을까요? 구청 이외에 지역의 민생위원[9]이나 사회복지협의회[10], 지역포괄지원센터[11]등 상담할 수 있는 기관을 찾아 알려주지 않은 것도 아쉬운 대목입니다.

'그림의 떡'에 불과한 제도는 의미가 없다

일본에는 2015년부터 시행된 생활곤궁자 자립지원제도라는 구제책도 있습니다. 경제적으로 기초 생활을 유지할 수 없는 고위험군의 사람들을 조기에 파악해 상담 창구와 연결하고, 전국 기초자치단체 및 관계 기관이 연계해 대상자가 자립할 수 있도록 구체적인 계획을 세워 지원해나가는 제도입니다.

이외에도 가계의 수입과 지출을 '가시화'하여 생활 재건을 돕는 '가계상담지원

사업'이나 5개월에서 최장 1년까지 의사소통 능력이나 컴퓨터 활용 능력 등 회사에서 필요로 하는 직무 수행능력을 키우고, 취업 기회도 얻도록 해주는 '취업훈련·취업지원준비사업' 등의 지원책이 있습니다.

부모나 가족의 간병을 위해 일을 그만두고 수입이 끊겨 주거지를 잃을 위기에 처한 사람은 재취업활동을 계속하는 것을 조건으로 일정 기간 집세의 상당 금액을 감해주는 '주거확보급부금'을 지원받는 선택지도 있습니다.

그러나 사회적 안전망이 형식상 충실한 제도를 갖추었다 해도 이를 처리하고 집행하는 관할 기관과 담당자가 이러한 제도가 필요한 사람을 적극적으로 구제하려는 의지가 없으면 아무 소용이 없습니다. 즉 사회 안전망의 사각지대를 메워 사회를 건강하게 유지해나간다는 사명감이 필요한 것입니다.

'내게도 닥칠 수 있다'는 상상력이 필요하다

남의 어려움을 '내 일'처럼 여기고 도우려는 의식이 사회 전반에서 옅어지고 있다는 것은 곧 안전망이 사라지고 있다는 말과 다름없습니다. 이 사건은 우리 모두에게 서로 돕고 서로 지지하는 연대 의식에 대해 돌아볼 흔치 않은 기회를 마련해주었습니다.

일본 헌법 제25조는 "모든 국민은 건강하고 문화적인 최저한도의 생활을 영위할 권리가 있다"고 규정하고 있습니다. 이는 말 그대로 '모든' 사람이 누려야 할 권리로 규정한 데에 큰 의미가 있습니다.

사람은 누구나 늙음을 물리칠 수 없고 죽음을 피할 수 없습니다. 사람의 몸과 생명은 놀랄 만큼 덧없고 약합니다. 누군가의 도움 없이는 살아갈 수 없는 상황을 맞이할 수도 있습니다.

"어려울 때는 서로 돕는다"라는 말이 있듯이, 우선 그 정신을 우리 한 사람 한 사람이 되살리는 것이 진정한 안전망을 만들어가는 출발점이라고 생각합니다.

소토오카 준外岡潤
도쿄대학 법학부 졸업해 현재 변호사로 일하고 있다. 기업전문 법률사무소를 거쳐, 2009년 출장형 간병·복지전문 법률사무소 '오카게사마'를 열었다. 같은 해 홈헬퍼 2급을 취득했다. 학생 시절부터 취미로 해왔던 일본 전통 마술 와즈마와 일본 무용 공연을 선보이며 전국 간병·복지시설 방문하고 있다.

04

어떻게 해야 했을까?

《시사IN》 탐사기획팀장
변진경

2016년 '독박 간병' 관련 기획 기사를 준비하면서 어느 인터넷 커뮤니티에서 하루의 이야기를 처음 읽게 되었습니다. "진짜 불쌍하다" "일본은 정말 고령화 문제가 심각하구나" "시스템이 잘 갖춰져 있으면 저렇게까지 되지 않았을 텐데, 안타깝네요" 등등 댓글들은 '강 건너 불구경' 관점이었습니다. 그때까지만 해도 '간병 살인'과 같은 소재는 해외 토픽 뉴스나 〈세상에 이런 일이〉 같은 TV 프로그램에 나올 법한 충격적인 이야깃거리 정도로 여겨졌습니다. 우리에게는 아직 일어나지 않았거나, 일어나더라도 먼 미래에나 일어날 막연한 문제였습니다. 적어도 '사회'적으로는 말입니다.

기자가 취재를 하는 일은 대개 우리 사회 여러 사람들의 '개인'적 문제들을 수집하는 일입니다. 취재원을 만나 그의 이야기를 듣고 그에 담긴 함의와 문제의식을 사회에 던집니다. 그 문제들 가운데 대다수는 이미 '사회 문제'로 자리 잡은 것들입니다. 어느 수험생이 성적을 비관해 스스로 목숨을 끊는 사건은 교육 문제나 청소년 자살 문제의 카테고리에 들어가고, 어느 청년이 100번째 취업 면접에서 떨어지면 실업 문제와 일자리 부족 문제를 드러내는 현상이 됩니다. 그러나 4년 전 '독박 간병'과 '간병 살인'을 취재할 당시만 해도 그 문제는 한국 내에서 아직 '사회 문제'로 무르익지 않았던 때였습니다. 대신 개개인 안에 그 고통들이 맴돌고 있었습니다.

늙고 병든 부모와 가난한 독신 자녀가 만났다

"우리의 문제다"라고 사회적 문제로 인정받기 전의 문제들을 떠안고 사는 개인들은 매우 불행합니다. 《마지막 산책》의 하루가 그렇습니다. "이 사건으로 심판을 받아야 할 것은 피고인만이 아니다. 개인의 일탈이 아닌, 사회 문제로 인식되어야 함이 마땅하다"라는 판사의 선언(본문 59쪽)이 일본 사회에 충격을 주기 전까지, 하루 혹은 일본 내 하루와 비슷한 처지의 사람들에게 간병은 말 그대로 '죽을 힘을 다해' 나나 내 가족 스스로 감당해야 할 몫이었습니다.

제가 취재하면서 만난 한국의 '독박 간병' 당사자들도 그랬습니다. 치매 노모를 돌보고 노모의 병원비를 벌기 위해 직장 일까지 하면서 2년째 만성 수면 부족에 시달리는 45세 성태 씨(이하 가명), 아들이 소득이 없어야 치매 어머니가 기초 수급자가 되어 요양원에 입소할 수 있기에 일을 그만두고 폐인처럼 살아야 했던 36세 우철 씨, 간암 투병 아버지를 간병하고 71세 어머니와 85세 할머니를 모시기 위해 결혼을 포기한 27세 지영 씨 모두 자신의 불행한 이야기를 기자에게 전하면서 이렇게 말했습니다. "어쩔 수 있나요, 제 문제이고 제가 혼자 해결할 수밖에요."

부양의 의무를 오랜 시간 홀로 떠안은 사람들

간간이 단신으로 나오던 '존속 살해' 기사들을 찾아, 판결문들을 모아보았습니다. 아들이나 딸이 모시던 부모님을 직접 자기 손으로 죽인 끔찍한 사건들의 이면에는 기나긴 간병의 과정들이 숨어 있었습니다.

송 아무개 씨는 4년간 홀로 모셔오던 치매 노모(79)를 때려 숨지게 했습니다. 범행 당시 49세던 송 씨의 몸무게는 고작 30kg밖에 되지 않았습니다. 하루 종일 어머니의 대소변 처리, 잦은 세탁, 목욕, 밤잠 설침 등으로 쇠약해진 탓이었습니다. 어느 새벽 3시 어머니의 용변을 처리한 뒤 다시 옷을 입히려는데 어머니가 말을 듣지 않자 아들은 폭발해서 범행을 저질렀습니다.

경기도 안양시의 59세 딸도, 대구시 동구의 53세 아들도, 울산시 울주군의 33세 딸도 비슷한 과정 끝에 존속 살해범이 되었습니다. 이미 독박 간병과 간병 살인은 한국 사회의 반복적 문제로 굳어져 가고 있었습니다.

이들 개개인의 이야기를 모아 한국 사회에 의제로 던졌습니다. "유모차보다 먼저 휠체어를 미는 세대" "한국 노인 간병, 제도는 있는데 시스템이 없다"(《시사IN》제479호)라는 제목으로 '간병 문제의 사회화'를 촉구했습니다. 함께 고민해주고, 함께 고통을 나눠줄 사회적 연대의 필요성을 제기했습니다.

언제든 내 문제가 될 수 있으리란 건 알지만 당장 내 문제가 아니어서 별 관심을 주지 않는 것처럼 보이던 사람들 사이 사이에서, "사실은 제가 겪고 있는 문제예요"라며 손을 빼꼼히 내미는 사람들이 보이기 시작했습니다.

많은 구독자의 메일들을 받았는데, 대개 이런 내용이었습니다. "남에게 말도 못하고 혼자 끙끙 앓고 개인의 문제로만 여기던 이슈를 공론화시켜주셔서 너무 감사합니다" "기사를 읽고 눈물을 멈추지 못했습니다. 저 혼자 겪고 극복해나가야

할 문제라고 생각해서 너무 외로웠는데, 이렇게 같이 고민해주는 것만으로도 위로가 되었습니다"······.

경험해보지 않은 사람들이 던지는 쉬운 말

취조하던 형사가 하루에게 물었지요. "이렇게 되기까지 왜 아무에게도 도움을 요청하지 않았습니까?"(42쪽) 재판장에서 검사도 질책했습니다. "곤경에 처했을 때 국가나 타인에게 의지한다는 게 왜 부끄럽습니까? 사람은 누구나 서로 의지하며 살아갈 수밖에 없습니다."(56쪽)

벼랑 끝에 다다른 개인이 어떤 사건을 일으키고 나서야, 사람들은 묻고 질책합니다. 여러 가지 사회복지 시설과 프로그램이 있고 복지센터니 주민센터니 어디에고 손을 내밀면 도와줄 길이 충분한데 왜 돌이킬 수 없는 지경까지 갔느냐고요. 그러니 그것은 개인의 악행이거나 불운이거나, 그렇게 다시 개인의 문제로 치환됩니다. 사회가 안전망을 갖추었는데 그것을 이용하지 않는 것까지는 사회가 어쩔 도리가 없다는 논리입니다.

하루는 밖에다 왜 도움을 청하지 못했을까요. 몇 군데에서 거절당한다 해도 다시 기운을 내고 여기저기 문을 두드려보면 지원이 가능한 곳도 있었을 텐데, 왜 한편으론 "가슴을 짓누르던 짐을 내려놓은 듯한 해방감"(49쪽)을 느끼면서 남에게 도움을 요청하는 일을 멈추었을까요. "그렇지요. 다른 사람들에게 짐이 되고 싶지 않지요"(52쪽) "남에게 무언가를 부탁하는 것은 한심한 일입니다. 괴로운 일입니다"(56쪽)와 같은 본문 속 문장에서 힌트를 얻어야 합니다.

어려움에 처한 사람들에게 당신들 스스로 알아서 도움을 찾으라고 요구하는 건 너무나 가혹합니다. 그들은 자신을 짓누르고 있는 고통과 부담감만으로도 이미 충분히 괴롭습니다. 그런 그들에게 "또 한 번 남에게 신세 질 부담을 안고 행동에 나서라"는 건 어려움을 겪어보지 않는 사람들만이 할 수 있는 이야기입니다.

돌봄의 사회화, 보편적인 공감대 형성이 시급하다

사회가 좀 더 먼저 찾아나서야 합니다. 어딘가에 고립된 사람은, 벼랑 끝에서 곧 떨어지기 직전인 사람은 SOS를 외칠 힘과 정신이 남아 있지 않습니다. 구조를 요청하는 것보다 아예 그냥 나락으로 떨어져버리는 게 더 수월하겠다 느끼는 사람들입니다. 그들을 조금이라도 더 먼저 발견해서 먼저 손을 내밀어주는 데에 사회의 많은 자원을 투입해야 합니다.

또 하나, 간병 문제가 좀 더 '사회화'되어야 합니다. 같은 고통을 겪어도 이것이 나만이 겪는 일이 아니라는 자각이 개인에게 주는 위로와 힘은 엄청납니다. '동병상련'이 어쩌면 훌륭한 지지대 역할을 해줄지도 모릅니다. 《마지막 산책》속 하루의 이야기 같은, 뒤늦게 가슴을 치는 이야기들이 더 많이 생겨나기 전에 이런 인식과 제도의 개선을 서둘러야 합니다. 《마지막 산책》을 읽고 가슴이 먹먹한 채로 그냥 책을 덮어버리면 안 된다는 이야기입니다.

변진경
서울대 국어교육과를 졸업하고 2008년 《시사IN》 공채 1기로 기자 생활을 시작했다. 교육 불평등, 청년 빈곤, 아동 인권에 관심을 갖고 기사를 써왔다. 코로나19 이후 의료, 보건, 건강 분야 취재에도 집중하고 있다. 저서로 《가늘게 길게 애틋하게—감염병 시대를 살아내는 법》(공저) 《청년 흙밥 보고서》가 있다.

주

1 낮 동안 시설에서 생활 보조 및 기능 회복 훈련 등을 받을 수 있는 주간 의료·간병 서비스로 우리나라의 주간보호 서비스와 같다.

2 환자나 고령자의 간병에 관한 전문가로서 간병서비스 제공에 관한 모든 일을 담당하며, (우리나라에서 요양보호사라 하는) '간병복지사'의 활동을 관리하고 지원한다. 국가자격시험을 통과한 후 활동할 수 있다.

3 사회보장제도의 하나로 국가 또는 지방자치단체가 생활 유지 능력이 없는 국민들을 대상으로 최저 생계 안정을 보장해주는 제도. 우리나라의 기초생활수급에 해당한다.

4 우리의 노인장기요양보험에 해당한다.

5 노인이나 장애인의 가정을 방문하여 목욕, 용변, 식사 등 가사와 개인 활동을 돕는다. 민간 자격이나 정부 인증을 받는다. 우리나라의 가정봉사원에 해당한다.

6 간병에 필요 전문적인 지식과 기술을 갖춘 인력으로, 국가자격시험에 합격해야 자격을 취득할 수 있다. 우리나라의 요양보호사에 해당한다.

7 연간 소득이 1인은 280만 엔 이상, 부부 등 2인은 346만 엔 이상인 경우에는 20%, 1인은 340만 엔 이상, 부부 등 2인은 463만 엔 이상인 경우에는 본인이 30%를 부담한다. 우리나라 노인장기요양보험의 경우 장기요양 급여비의 일부를 본인이 부담하도록 하는데, 시설을 이용하면 전체 비용의 20%, 가정에서 급여를 받으면 전체 비용의 15%를 본인이 부담한다. 경제적 부담으로 이용에 어려움이 있는 수급자를 위해 소득수준에 따라 본인 부담금을 경감해주는 제도가 있다. 건강보험료 순위 25% 이하인 경우에는 시설 이용 시 전체 비용의 8%, 재가 이용 시 6%를 부담하게 하고, 건강보험료 순위 25% 초과 50% 이하인 경우에는 시설 이용 시 전체 비용의 12%, 재가 이용 시 9%를 본인이 부담하게 한다. 국민기초생활보장법에 따른 의료급여 수급권자는 본인 부담금이 면제된다.

8 마쓰오카 게이스케松岡圭祐의 미스터리 소설 《천리안》 시리즈의 주인공으로 다방면으로 지식이 풍부한 임상심리사로 등장한다.

9 지역사회의 복지 증진에 복무하는 봉사자로 담당구역 내 실상을 파악하여 빈곤·저소득자, 노인, 장애인, 한부모 가정 등 도움이 필요한 사람들을 상담하여 자립을 돕는다.

10 지역사회 주민이 주체가 되어 사회복지 관계자 및 보건, 의료, 교육 등 관계 기관의 참여와 협력을 얻어 지역 주민의 생활환경과 복지환경의 개선을 목표로 활동하는 민간 비영리단체이다.

11 지역 주민의 건강 유지와 생활 안정에 필요한 서비스를 포괄적으로 지원, 연계하는 기관으로 기초지자체의 지원을 받은 민간 단체가 운영한다.

마지막 산책

초판 1쇄 인쇄 2021년 2월 20일
초판 1쇄 발행 2021년 2월 25일

지은이 나가미네 마사키
그린이 야쿠 가오리
옮긴이 송경원
펴낸이 임현석

펴낸곳 지금이책
주소 경기도 고양시 일산서구 킨텍스로 410
전화 070-8229-3755
팩스 0303-3130-3753
이메일 now_book@naver.com
블로그 blog.naver.com/now_book
인스타그램 nowbooks_pub
등록 제2015-000174호

ISBN 979-11-88554-46-1 (03800)

* 이 책의 내용을 무단 복제하는 것은 저작권법에 의해 금지되어 있습니다.
* 잘못되거나 파손된 책은 구입하신 서점에서 교환해드립니다.
* 책값은 뒤표지에 있습니다.